Este libro
pertenece a

_____

_____

Para Stuart
y Lindsay

Tercera reimpresión,

Impreso en Colombia por
Gráficas de la Sabana Ltda.
Marzo, 2001

ISBN: 958-04-4633 4

La selva Loca

Tracey & Andrew Rogers

http://www.norma.com

GRUPO
EDITORIAL
norma

Barcelona, Bogotá, Buenos Aires, Caracas, Guatemala, Lima, México, Miami, Panamá,
Quito, San José, San Juan, San Salvador, Santiago de Chile.

Era un día soleado en la selva
y era el turno de Mono de lavar la ropa.

Recogió todos los trajes de sus amigos
y los llevó a la laguna.

Lavó y fregó los trajes sucios.

Y luego los colgó a secar al sol.

Cuando estuvieron secos, los planchó con cuidado y puso cada traje en una bolsa.

Luego fue a entregárselos a sus amigos.

–Aquí está tu traje, limpio y seco –dijo Mono.

–Gracias –ronroneó Tigre–.
Me lo pondré de una vez.

–¡Este no es mi traje!
–gruñó Tigre,

y se fue con paso fuerte
a buscar a Mono.

¡STOMP!

Un animal confundido en busca de Mono.

–Aquí está tu traje, limpio y seco –dijo Mono.

–Gracias –sonrió Cocodrilo–.
Me lo pondré de una vez.

–¡Este no es mi traje!
–chascó Cocodrilo,

y se fue a saltos
a buscar a Mono.

¡STOMP! ¡PAS!

Dos animales confundidos en busca de Mono.

–Aquí está tu traje, limpio y seco –dijo Mono.

–Gracias –graznó Avestruz–.
Me lo pondré de una vez.

–¡Este no es mi traje!
–chilló Avestruz,

y se fue a tropezones
a buscar a Mono.

¡STOMP! ¡PAS! ¡PUM!

Tres animales confundidos en busca de Mono.

–Aquí está tu traje, limpio y seco –dijo Mono.

–Graciasss –susurró Culebra–.
Me lo pondré de una vez.

–¡Essste no esss mi traje! –siseó Culebra,

y se fue dando tumbos a buscar a Mono.

¡STOMP! ¡PAS! ¡PUM! ¡STAG!

Cuatro animales confundidos en busca de Mono.

–Aquí está tu traje, limpio y seco –dijo Mono.

–Gracias –dijo Jirafa–.
Me lo pondré de una vez.

–¡Este no es mi traje!
–exclamó Jirafa,

y se fue arrastrando los
pies a buscar a Mono.

¡STOMP! ¡PAS! ¡PUM!
¡STAG! ¡SHUF!

Cinco animales confundidos en busca de Mono.

–Aquí está tu traje, limpio y seco –dijo Mono.

–Gracias –tronó Elefante–.
Me lo pondré de una vez.

–¡Este no es mi traje!
–gritó Elefante,

y se fue a zancadas
a buscar a Mono.

¡STOMP! ¡PAS! ¡PUM!
¡STAG! ¡SHUF! ¡TAC!

Seis animales confundidos en busca de Mono.

Entre tanto, Mono descansaba del
arduo trabajo, cuando de repente…

¡STOMP! ¡PAS! ¡PUM!
¡STAG! ¡SHUF! ¡TAC!

Seis animales confundidos venían por la selva.

—Estamos muy confundidos —se quejaron.

Mono no paraba de reírse.

—¡Esta selva parece loca! —se burló.

Seis animales confundidos vieron cómo se veían de
ridículos y pronto todos comenzaron a reírse.

–Déjenme arreglarlo –dijo Mono–.

Yo clasificaré los trajes.

–¡Siempre he sido
rápido para vestirme!

–¡Fantástico!

–¡Grrr! ¡Maravilloso!

–¡Este traje con
manchas es mejor
que el de rayas!

–¡Sssssúper!

–¡Siempre tuve
buen olfato
para la moda!

–¡Mucho mejor! –exclamaron los animales.

—¡Gracias por lavar nuestros trajes, Mono…
pero la próxima vez los lavaremos nosotros!

–¡Qué lástima! –sonrió Mono.